I0682841

Contraste insuffisant
NF Z 43-120-14

CONTRASTE IRREGULIER

Original en couleur

NF Z 43-120-8

COUVERTURE SUPERIEURE

8° Z 7183 (24)

"Patrie"

MAXIME VUILLAUME

DANS LES

USINES DE GUERRE

20 c.

Le récit complet illustré

F. ROUFF, Éditeur

DANS LES
Usines de Guerre

I

LE FORGERON DE RAUCOURT

RAUCOURT, chef-lieu de canton du département des Ardennes, à une dizaine de kilomètres de Sedan, fut occupé par l'ennemi, dès les premières hostilités.

Le premier soin des Allemands fut d'y installer une kommandantur, sorte de gendarmerie brutale chargée des perquisitions à domicile, des emprisonnements et des déportations.

Au moment où s'ouvre notre récit, une année déjà s'est écoulée depuis l'occupation de Raucourt. Et cependant, la population, dont le patriotisme, avivé encore par le souvenir des exactions allemandes en 1870, ne s'est pas un instant démenti, n'a pas perdu l'espoir de chasser un jour l'odieux soldat ennemi. Dans bien des maisons, des armes sont encore cachées, malgré les peines dont sont menacés leurs courageux détenteurs. A maintes reprises, la kommandantur a renouvelé ses ordres. Elle n'ignore pas que tous les fusils existant à Raucourt ne lui ont pas été remis. Une nouvelle affiche, impérative et menaçante, a averti les habitants. Le soir même, les perquisitions domiciliaires commençaient.

Toute la nuit, les soldats allemands frappèrent aux portes, cherchant dans les réduits les plus cachés, bouleversant tout, défonçant les parquets. Les armes étaient si bien dissimulées

Copyright by F. Rouff, Edit., 1917. — Tous droits de traduction, de reproduction et d'adaptation réservés pour tous pays.

qu'elles ne furent pas, pour la plupart, découvertes. La rage des vainqueurs en fut doublée.

Un peloton de quatre hommes, commandés par un « feld-wœbel », s'était arrêté devant l'entrée de la demeure d'un forgeron, Jacques Herber, bien connu à Raucourt, où il habitait depuis son enfance.

Le feldwœbel heurta violemment la porte de la crosse de son fusil.

La porte s'ouvrit.

— Vous avez des armes ici. Nous le savons. Remettez-les vite, ou bien vous tombez sous le coup des dispositions que vous connaissez.

Jacques Herber, debout, toisait de haut en bas le soldat allemand.

C'était un solide gaillard que Jacques Herber. Carré d'épaules, haut de taille, les moustaches effilées, le regard droit et franc sous d'épais sourcils, il aurait fait un magnifique soldat si une claudication, dont il avait été frappé dès sa naissance, ne l'avait fait réformer.

Quand il battait le fer sur l'enclume de sa forge, la chemise ouverte, les bras musclés nus jusqu'à l'épaule, le tablier de cuir noué à la ceinture, il avait vraiment grand air. Dans ce pays des Ardennes, où les forges sont nombreuses, Jacques était connu à dix lieues à la ronde. On ne l'appelait que le forgeron de Raucourt.

— Je n'ai pas d'armes, répondit sèchement Jacques au feldwœbel, qui fit un signe à ses hommes.

Les soldats allemands s'étaient précipités dans la forge, remuant tout autour d'eux, déplaçant les morceaux de fer et les outils, grimpant au soufflet, vidant le foyer, poussant de toutes les forces de leurs muscles l'enclume qui résistait. Ils ne trouvaient rien. Ils allaient s'éloigner, et, déjà, Jacques esquissait un sourire ironique, quand, du fond de la forge, une exclamation retentit :

— Et cela, ce n'est pas une arme!

Le feldwœbel brandissait un fusil.

Un fusil d'ordonnance que Jacques connaissait bien. Le fusil qui avait servi à son père, franc-tireur de 1870. Relique des grands jours, dont Jacques, malgré les menaces de la kommandantur, n'avait pu se séparer.

Jacques fixa, d'un regard hautain et froid, le feldwœbel qui ricanait.

Les quatre soldats allemands avaient entouré Jacques, qu'ils poussèrent hors de la forge pour le conduire à la kommandantur.

Son cas était grave.

Il n'était du reste pas le seul arrêté au cours des perquisitions de la nuit.

Une dizaine d'habitants de Raucourt étaient déjà debout dans une vaste salle, attendant l'arrêt de l'*hauptman* (capitaine) qui siégeait en permanence.

Aux premières heures du matin, par un ciel superbe — on était aux premiers jours de septembre 1915 — Jacques et ses compagnons d'infortune étaient conduits à la gare, où ils étaient embarqués dans des wagons cadenassés, hermétiquement clos, qui roulèrent vers une destination inconnue.

Quelles contrées traversaient-ils?

Jacques ne devait l'apprendre que plus tard.

Parfois, le convoi faisait halte. On entendait de brefs commandements. Les crosses des fusils sonnaient sur le pavé. Puis le train reprenait sa marche.

Quelle ville avait-on dépassée?

Nul ne le savait.

Le train des prisonniers roula ainsi longtemps, s'arrêtant en maints endroits.

Ce fut seulement dans la soirée, quand le soleil lançait ses derniers rayons, que le train arriva à destination.

Les portes des wagons s'ouvrirent.

— Descendez! cria un soldat.

Harassés, pliés en deux par la fatigue, ayant passé de longues heures sans un siège pour s'asseoir, couchés sur le parquet, les prisonniers obéirent.

Ils jetèrent autour d'eux des regards anxieux.

Le train était arrêté en pleine campagne. Le crépuscule ne laissait voir que des forêts épaisses, recouvrant de hautes collines. Pas une habitation à l'horizon.

Brusquement, un violent coup de sifflet retentit.

Un autre train était en vue.

Jacques, qui s'était étendu sur le sol, remarqua que le deuxième train arrivait par une voie différente de celle qu'ils avaient suivie.

Non loin de l'endroit où ils étaient descendus existait donc un embranchement, un croisement de voies ferrées conduisant à des directions diverses.

Le deuxième train s'était arrêté à son tour.

Et voilà que des wagons descend une foule, hommes, femmes, vieillards, enfants en bas âge.

On se rapproche. Les conversations s'échangen

— D'où venez-vous?

— Du département du Nord. Ce sont ces « chiens » — et la femme qui parlait désignait les soldats allemands — qui sont venus nous prendre dans nos maisons pour nous conduire nous ne savons où.

Et l'infortunée tendait son poing menaçant.

— Nous, répondit Jacques, on nous a pris à Raucourt, dans les Ardennes. Nous ne savons non plus où l'on nous conduit.

Des gémissements se firent entendre tout près.

Le spectacle était vraiment déchirant. Une pauvre vieille, la face décharnée, les yeux brillants de fièvre, étendue sur une paillasse, se lamentait.

— Allons! cria un feldwœbel, tout le monde en voiture! On repart!

Jacques avait tout d'abord obéi.

Il s'était levé, il allait se diriger sur l'un des wagons quand, brusquement, changeant d'avis, il s'arrêta. La confusion du départ qu'il avait sous des yeux venait de lui suggérer une idée.

Jacques Herber le forgeron.

Un fossé plein d'herbes hautes était tout près de lui.

Il n'avait pour se cacher, qu'à s'y laisser rouler.

Les hautes herbes le recouvriraient, comme le ferait un épais manteau.

Jacques fut bientôt au fond du fossé.

Il entendit encore deux ou trois coups de sifflet.

Puis un roulement sourd.

Puis le silence.

Il écarta des herbes, passa la tête au dehors, jeta un coup d'œil circulaire.

Le train filait, loin déjà, laissant se dérouler derrière lui son panache de fumée.

Il était seul...

Où se trouvait-il?

Comment le savoir?

Il se releva, interrogea l'horizon.

Une petite fille, tout près, passait en conduisant des chèvres.

Il sut, par elle, qu'il se trouvait tout près de Sarrebourg.

Il reconstitua rapidement par la pensée la route qu'il venait de faire. Le train, parti de Raucourt, s'était arrêté, entre autres haltes, à Montmédy, Thionville, Metz, et enfin Sarrebourg.

Il n'était donc qu'à une vingtaine de kilomètres de la France, à une trentaine des lignes françaises qui, il le savait, coupaient la forêt du Parroy.

Toute cette région, où il avait travaillé jadis de son métier de forgeron, lui était parfaitement connue.

De Sarrebourg à la frontière, il n'avait qu'à suivre la voie ferrée qui va à Lunéville, ou encore le canal qui relie la Moselle à la Sarre.

Mais comment traverser ce pays, infesté de troupes ennemies?

Il se dirigea vers le bois le plus proche, où il s'enfonça pour bâtir à son aise son plan d'évasion.

Tout d'abord, il constata avec plaisir qu'il avait gardé, suspendue à une courroie reposant sur son épaule, sa musette, qui renfermait des vivres pour quelques jours.

Il résolut de ne marcher que la nuit. Le jour, il se cacherait dans les fourrés ou dans les rochers.

Il calcula que quatre nuits lui suffiraient pour arriver au but.

Mais — et il n'avait pas encore trouvé à cette question de réponse satisfaisante — comment arriverait-il à traverser les lignes ennemies, au cas où il ne ferait pas, dans ses courses nocturnes, de fâcheuse rencontre?

— Allons, en marche! dit-il à voix basse.

Un sentier était tout proche. Il le suivit, prêtant l'oreille aux moindres bruits. Quand il entendait des pas, il rentrait vite sous bois, et ne reprenait le sentier que lorsque tout indice de danger avait disparu.

Le jour à peine levé, Jacques chercha un endroit où il put se reposer à son aise, pour reprendre sa course le soir.

Trois nuits consécutives, il marcha ainsi, l'oreille au guet, redoutant à tout instant d'être accosté par une patrouille.

Le soir du quatrième jour, il calcula qu'il ne devait plus être qu'à quelques centaines de mètres des lignes.

Depuis la veille, il entendait distinctement la fusillade, avec, çà et là, des explosions plus violentes, qui devaient être des bombes de tranchées.

Jacques s'arrêta. Qu'allait-il faire?

Il était à la dernière étape de sa route aventureuse.

Le hasard devait lui être, cette dernière nuit de son odyssée, d'une aide suprême.

A l'instant même où il songeait, un coup de tonnerre éclata, formidable, dans le ciel chargé d'orage depuis le matin. Les éclairs jaillissaient par instants, illuminaient la nuit de leurs lueurs violacées, mais dans l'intervalle les ténèbres étaient épaisses. La pluie tombait à torrents.

Jacques se trouvait à ce moment au pied du talus du canal.

Il marcha droit devant lui, pouvant à peine se guider dans l'obscurité.

Brusquement, il entendit résonner à ses oreilles, entre deux grondements de la foudre, le cri qu'il redoutait :

— Wer da?

La sentinelle allemande l'avait aperçu.

Jacques courut devant lui, sans rien répondre.

Un coup de feu éclata.

Il continua sa course.

La nuit était d'un noir d'encre.

Les coups de feu se succédaient.

C'était lui, à ne pouvoir en douter, que l'on poursuivait.

Mais l'obscurité était si profonde que les tireurs ne pouvaient viser le but.

Jacques avait parcouru une centaine de mètres quand d'autres coups de feu, ces derniers partant en face de lui, se firent entendre.

Il se rendit compte de l'affreuse situation dans laquelle il se trouvait.

Il était entre les deux lignes de tranchées.

Il avait échappé au Wer da! du tireur allemand.

Il lui fallait maintenant échapper aux balles françaises.

Il se mit à crier de toutes ses forces :

— Amis! Je suis Français!

Mais l'orage, qui l'avait protégé, couvrait cette fois sa voix.

Il courut comme un fou, devant lui, et tomba sur un gros de combattants qui, le voyant venir, l'attendaient.

Rudement accueilli, il fut conduit vers d'officier, qui le fit accompagner chez le commandant.

Là, il s'expliqua, à travers les larmes et les sanglots.

Une heure après, il était mis en liberté.

Le lendemain, il partait pour Nancy.

Aux portes de la ville, il entra dans un café. Sur une table, un journal illustré était ouvert. Il le feuilleta.

Et c'est là qu'il lut l'admirable lettre adressée, quelques jours auparavant, par le général de Maud'huy aux ouvriers du Creusot.

« *Camarades!* écrivait le général. *On dit que vous travaillez jour et nuit pour nous envoyer des canons et des obus. Bravo et merci! Vous sauverez ainsi la vie de beaucoup de vos frères et nous aurons plus vite la victoire. Hardi! Travaillez dur! Nous taperons dur! Vive la France!* » (1)

Jacques frémissait d'émotion en lisant et relisant la lettre du général.

— Et moi aussi! se dit-il, le cœur gonflé d'enthousiasme, moi aussi je ferai des canons et des obus. Suis-je pas forgeron! Moi aussi, j'irai au Creusot travailler pour la France!

II

DANS LA FOURNAISE DU CREUSOT

QUELQUES jours, après son arrivée à Nancy, Jacques débarquait au Creusot, l'immense usine, la gloire métallurgique de la France.

A la sortie de la gare, il s'engagea dans les rues de la ville.

Le Creusot, jadis un village, est aujourd'hui une ville de 30.000 habitants.

---

(1) La lettre du général de Maud'huy a été publiée, en fac-similé, dans l'*Illustration* du 7 août 1915.

Sur son parcours, à chaque détour de rue, l'âme du Creuzot vibrait en lui.

De hautes cheminées, dont le sommet dépassait les derniers étages des maisons, vomissaient la flamme et la fumée.

Un bourdonnement intense, continu, emplissait l'air. C'était le ronflement des machines géantes qui, sans relâche, soufflaient et haletaient comme des monstres de métal.

Une bouffée de fumée jaunâtre, à l'angle d'une ruelle, frappa Jacques en plein visage.

Il ne put s'empêcher de détourner la tête.

Il plongea le regard dans la vallée d'où s'échappait toute cette vie bruyante. Il vit des voies de fer s'allongeant à perte de vue, sur lesquelles roulaient des locomotives et des wagons chargés de matériel.

Le jour baissait.

En face de lui, les fenêtres garnies de rideaux blancs d'un petit cabaret trouaient la pénombre de leur clarté.

— Entrons ici, se dit-il. J'y rencontrerai certainement quelque ouvrier qui me dira comment on embauche aux ateliers.

Le cabaret était plein.

Seule une table, dans un angle, restait inoccupée.

Jacques y prit place, commanda un verre de bière.

Près de lui, quatre ouvriers, portant cousu à la manche un brassard rouge, causaient avec animation.

— Et moi je dis — appuyait l'un d'eux — que plus on fera de canons et d'obus, plus vite on chassera les boches de chez nous!

Jacques avait approuvé d'un signe de tête.

La conversation s'engagea vite.

Jacques raconta ses aventures, son arrestation à Raucourt, sa prison dans le wagon cadenassé, sa fuite vers les lignes françaises, son arrivée à Nancy.

— Je suis du métier, ajouta-t-il. Depuis l'enfance, je manie le fer. Je puis faire un bon ouvrier au Creusot, comme je l'étais dans les Ardennes avant que les boches nous aient envahis.

L'un des quatre ouvriers, voisin de Jacques, était contremaître aux ateliers.

— Eh bien! dit ce dernier, venez lundi. Vous serez embauché.

Le lendemain matin, un dimanche, Jacques, le cœur débordant de joie et d'espoir — joie d'être libre, espoir de servir son pays en faisant, lui aussi, des canons et des obus — faisait une première connaissance avec la gigantesque usine dont il allait être un des rouages infimes, mais agissants.

Du sommet d'une des collines qui entourent le Creusot, il découvrait l'immense panorama des bâtiments, assis dans la vallée, énormes et tout fumants.

Ce qui le frappa tout d'abord, ce furent les flammes et les fumées qui s'échappaient en nuages rouges et gris, comme des bouches d'un volcan en éruption.

Le bruit des machines, un bruit de fers qui se croisent et s'entrechoquent, montait jusqu'à lui.

Il voyait les files de wagons courir sur les rails, qui étincelaient au soleil.

— Leur chargement, se dit-il, s'en va là-bas, au front où se battent nos soldats.

Il distingua nettement, traîné par une locomotive, un formidable canon, qui découpait sur le ciel clair son profil de monstre accroupi, allongeant son col, prêt à vomir la mort.

Jacques resta longtemps en admiration muette devant ce grandiose spectacle qui le remuait jusqu'au plus profond de l'âme.

C'était bien là le grand arsenal de nos armées, où, jour et nuit, les soldats de l'usine forgeaient les armes qui nous donneraient la victoire.

Le lendemain, Jacques, fidèle au rendez-vous que lui avait donné le contremaître, était embauché aux « laminoirs ».

Entrons avec lui dans l'immense usine, où nous allons suivre, pas à pas, les multiples opérations qui aboutissent à la fabrication de l'obus et du canon.

Nous retrouverons Jacques quand, du four où il rougit et étincelle à l'énorme température de 1.500 degrés, l'acier, refroidi, partagé en lingots, est, pour une première opération, dirigé sur ce qu'on appelle les trains de laminoirs.

Voyons d'abord comment on « fait » l'acier, cet acier qui, sectionné plus tard en morceaux, est la base de l'obus.

Précisément, voici, près d'un four à acier, notre contremaître, celui qui a fait embaucher Jacques.

Debout, le visage protégé par un masque, il ouvre la porte de l'un des fours Martin, ainsi appelés du nom de l'ingénieur qui imagina la disposition.

Le regard est aveuglé!

C'est un lac de feu que nous avons devant les yeux, protégés par des lunettes à verres sombres. ●

Dans le four, que nous aurions pu croire éteint si, aux fissures de la porte, n'apparaissaient, comme un cadre de feu, de longues et éblouissantes raies d'un rouge ardent, le contremaître a introduit une pince. Il a prélevé, sur le lac en fusion, une parcelle d'acier liquide. Il va l'examiner, et ce n'est qu'après que l'acier est bien fait, à point, qu'il procédera à ce qu'on nomme la « coulée ».

Le four Martin, où se fait cette étrange et formidable cuisine — une cuisine d'enfer — est un four chauffé au gaz, dans lequel on a jeté de la fonte, du fer, de vieux rails, des « ribons » de tout calibre. Tout cela s'échauffe, bouillonne, fuse et éclate. Des milliers de kilogrammes d'acier se créent ainsi.

L'arracheur.

Le contremaître — Pierre Varroy est son nom — a jugé le moment venu.

D'un geste noble, il ordonne de déboucher le canal par où va s'écouler l'acier.

A coups de pic, les ouvriers détruisent le tampon de terre réfractaire qui obstrue l'orifice de coulée.

Spectacle incomparable! La rivière de feu s'écoule. Les étincelles jaillissent en gerbes multicolores. Le métal incandescent ruisselle. Il va se déverser dans une grande poche de métal doublée de terre réfractaire que l'on promènera au-dessus d'autres récipients, dits lingotières, où le métal se videra et se refroidira.

Dans ce vase, cette poche énorme, il n'y a pas moins de 30 tonnes d'acier!

La coulée de l'acier, dans les colossales usines comme celles du Creusot, est certainement le plus merveilleux spectacle qui puisse s'offrir au visiteur.

L'atelier des fours en est tout illuminé. On dirait quelque incendie gigantesque.

Quelques minutes d'émerveillement et, une à une, les étincelles s'éteignent, comme le font les étoiles filantes. Le fleuve de feu s'emprisonne dans les récipients qui l'ont recueilli. L'acier, de fluide qu'il était, devient pâteux, presque solide. C'est alors que, divisé en lingots, il est conduit aux laminoirs qui l'étireront en barres de grosseurs diverses, barres encore rouges, encore malléables, qui se solidifieront une fois qu'elles auront été posées sur le sol de l'atelier.

Le tablier de cuir serré à la taille, comme jadis à Raucourt, Jacques, une énorme pince de fer à la main, est à son poste, aux laminoirs.

Le mot est par lui-même toute une définition.

Laminer le lingot d'acier encore brûlant, c'est le réduire, l'allonger, l'étirer, lui donner un diamètre moindre.

L'opération est d'une grandiose simplicité.

Le lingot, rouge encore du feu de la coulée, est conduit à proximité des laminoirs soit sur des brouettes de fer, soit accroché à des chaînes fixées à des ponts-roulants.

Là, on le saisit avec ces longues pinces dont sont armés Jacques et ses camarades, on le balance, on le force à passer entre les mâchoires puissantes, les cannelures du train de laminoirs.

Il en ressort aplati, ayant perdu de son épaisseur.

On le fera passer ainsi, successivement, entre des mâchoires de plus en plus resserrées, jusqu'à ce qu'il soit réduit au diamètre voulu.

En même temps qu'il s'aplatit, le lingot s'allonge.

Il est entré aux laminoirs sous la forme d'un gros pavé rouge, cubique ou peu s'en faut.

Après son passage entre les cannelures du laminoir, le pavé s'est transformé en barre, dont l'épaisseur a diminué avec la suite des opérations d'étranglement auxquelles il a été soumis.

— Hardi! criait Jacques en brandissant, d'un air vainqueur, sa formidable pince. J'ai déjà fait cela aux forges de Longwy, où j'ai passé deux ans. Ah! ça me connaît, le travail des laminoirs!

Et le forgeron de Raucourt agrippait la barre rougie d'un formidable coup de pince.

La barre passait, docile, entre les mâchoires d'acier et s'en allait grossir le tas des « blooms » — c'est ainsi qu'en style d'atelier on nomme les barres d'acier qui ont passé au laminoir — alignés sur le sol brûlant de l'atelier.

Le *bloom*, refroidi, est nettoyé, reporté au rouge et laminé à nouveau à l'exact diamètre assigné pour la fabrication de l'obus.

La barre d'acier, de laquelle vont sortir les obus — nous parlons ici des obus de 75 — est, après le laminage, sciée en morceaux de longueur et de poids sensiblement égaux, comme on scierait une pièce de bois pour la débiter en rondins.

Les rondins d'acier — on dit les lopins — d'un poids d'environ 6 kilogrammes, tombent un à un sur le sol de l'atelier, où ils roulent.

On les ramasse et on les présente à la meule pour les débarrasser à la surface des rugosités et des impuretés qui peuvent salir leur écorce.

C'est sous une pluie d'étincelles que le lopin d'acier est purifié.

Après avoir écarté ceux qui sont jugés indignes, par un défaut quelconque, de poursuivre leur carrière, les lopins purifiés à la meule sont conduits à un four de réchauffement où ils subissent une nouvelle cuisson.

Quand la cuisson paraît suffisante, les lopins sont retirés du four.

Un ouvrier saisit chacun d'eux avec une forte pince et les jette à terre, rouges et fumants.

Laminé, scié, passé à la meule, recuit : voilà notre morceau d'acier prêt à être transformé en obus.

III

ENTRE DEUX FORMIDABLES MACHOIRES

LAISSONS Jacques à ses laminoirs.

Le laminage des lingots n'occupe qu'un coin du gigantesque atelier de 300 mètres de longueur, sorte d'empire du feu, de la formidable fournaise du Creusot.

Arrêtons-nous devant cette file d'énormes piliers entre lesquels nous voyons s'ouvrir et se fermer lentement de puissantes mâchoires de fer. Ce sont les fameuses presses hydrauliques, capables, avec leur force de milliers de tonnes, d'écraser comme un fétu les masses d'acier, de courber, comme on le ferait d'une feuille de papier, les épaisses plaques de blindage qui servent au revêtement de nos unités maritimes.

Ce sont ces « presses » qui vont participer à la confection de l'obus, représenté jusqu'ici par un lopin d'acier de dimensions et de poids voulus.

Ce lopin d'acier, il faut tout d'abord y pratiquer le logement de l'explosif.

Pour cela, on pose le lopin entre les mâchoires de la presse.

La mâchoire — le plateau plutôt — le plateau supérieur, est armé d'une sorte de dent d'acier qui troue le lopin, l'emboutit, jusqu'à ce qu'il ne reste à la base qu'une épaisseur de métal qui sera le culot de l'obus.

L'obus n'est plus un morceau d'acier plein, brut si l'on veut. Il affecte maintenant la forme d'un cylindre creusé.

Dans ce creux, on introduira plus tard la mélinite.

Mais que de pas encore doit faire l'obus dans sa marche vers le projectile définitif!

Il faut d'abord qu'il passe une première fois au tour, qui va régulariser sa surface extérieure, en même temps qu'une autre opération, le tréfilage, régularisera sa surface interne.

Que de travail! Que d'opérations méticuleuses!

Et ce n'est pas fini, loin de là.

L'obus, porté encore une fois au four pour le ramollir, est confié de nouveau à la formidable presse, qui se chargera, en un clin d'œil, de lui donner cette forme ogivale bien connue, au sommet de laquelle se visse la fusée.

Avec autant de facilité qu'elle en a mis à préparer le logement de l'explosif, la mâchoire supérieure de la presse, qui porte en creux la forme de l'ogive, s'abaisse et force le métal, encore brûlant et malléable, à adopter cette forme.

Considérez maintenant l'obus — nous pouvons désormais l'appeler ainsi — il est tel, ou presque, que vous le verriez sur le champ de bataille.

Il n'a pas pour cela fini d'être chauffé, cuit et recuit.

Avant tout, on l'éboute. D'un violent coup de marteau au sommet de l'ogive, l'ouvrier fait sauter le bouton de métal, résidu de l'ogivage.

Cet éboutage accompli, il faut percer l'obus au sommet, trouer ce qu'on appelle une lumière

L'obus est encore soumis à une sorte d'aspersion d'eau froide, extérieure et intérieure, puis lavé, *décapé* dans des bains d'acide sulfurique étendu d'eau, puis dans l'eau ordinaire.

Sa première toilette achevée — une toilette longue et minutieuse, il faut l'avouer — notre obus, laminé, scié, embouti, cuit et recuit, va être livré à ce qu'on appelle l'usinage.

De l'empire du feu, où tout est rouge, nous allons entrer dans le royaume du tour, où tout brille, où les copeaux d'acier s'échappent et s'amoncellent sous la morsure de l'outil.

IV

APRÈS L'EMPIRE DU FEU, LE ROYAUME DES TOURS

BIEN qu'il fût spécialement affecté aux laminoirs, Jacques, curieux de tout ce qui intéressait son métier, avait souvent, aux heures de repos, rôdé autour des presses colossales. Il connaissait donc à merveille la fabrication de l'obus. Toutefois, il n'était jamais entré dans le vaste atelier de l'usinage, où sont alignés les « tours » et d'où l'obus sort, brillant, prêt à être chargé de mélinite.

Jacques n'avait pas été longtemps sans se lier d'amitié avec Pierre, le contremaître des fours qui l'avait fait entrer à l'usine.

Pierre Varoy, enfant du Creusot, connaissait l'immense usine dans ses moindres recoins. Ancien élève de l'école spéciale où, au Creusot même, on forme les futurs contremaîtres de l'usine, il avait ses grandes et petites entrées dans les ateliers.

— Dimanche, si tu veux, dit-il un jour à Jacques, je te ferai voir l'atelier des tours, et en même temps celui des canons. Je suis de repos, et toi aussi, je crois.

Jacques fit un signe de tête affirmatif.

Le dimanche suivant, Pierre et Jacques entraient dans le grand atelier de l'usinage.

Dans l'atelier des laminoirs et des presses, tout est silence et lenteur. C'est sans bruit que les presses énormes écrasent l'obus, l'emboutissent ou l'ogivent.

Au contraire, dans l'atelier des tours, tout est mouvement et bruit. On se parle à l'oreille si l'on veut se faire entendre. Les centaines et les milliers de poulies, reliées par des courroies, tournent à des vitesses folles. C'est un ronflement continu, ponctué de coups de marteau et de grincements.

Devant la file des tours, Jacques restait comme ébloui.

Pierre lui expliqua que l'obus, contrairement à ce qu'il pouvait penser, n'était pas d'une épaisseur uniforme. Le métal est plus épais au culot, sur lequel s'exerce la poussée des gaz de l'explosion, et vers le milieu, pour compenser l'affaiblissement dû à la rainure où la ceinture sera logée, comme nous allons le voir. Il est aussi plus épais à l'ogive, pour compenser la moindre résistance de la lumière où se visse la fusée. L'ouvrier qui est assis devant le tour sait tout cela. Et il manœuvre sa machine en conséquence.

Jacques s'approcha de l'un des tours. Certes, l'outil ne lui était pas inconnu. Mais, forgeron de son métier, il ne l'avait jamais manié.

Aussi était-ce avec une attention admirative qu'il suivait de l'œil l'obus qui tournait, tournait avec rapidité, laissant échapper, à chaque contact avec le ciseau de l'ouvrier, une longue bande, un copeau d'acier brillant.

L'obus fut bientôt poli comme une glace.

Il fut passé à un autre ouvrier qui *fileta* la lumière, autrement dit qui pratiqua dans cette lumière un pas de vis pour y visser plus tard la fusée.

— C'est merveilleux! fit Jacques.

— Il ne reste plus maintenant, ajouta le contremaître, qu'à poser la *ceinture*.

Qu'est-ce que cela pouvait bien être, la ceinture d'un obus? Pierre l'expliqua.

— Vous verrez tout à l'heure, dit-il, quand nous examinerons les canons, qu'une bouche à feu n'est pas lisse à l'intérieur. Elle est ce qu'on appelle *rayée*. De longues stries hélicoïdales sont tracées dans l'âme de la pièce, à l'effet de faire tourner sur lui-même le projectile qui y est engagé. L'obus sera donc entouré d'une ceinture de cuivre, qui s'emboîtera dans les rayures, et le guidera jusqu'à sa sortie du canon. Le projectile tourne ainsi dans l'air tout le long de sa trajectoire.

La grande presse hydraulique (10.000 tonnes).

La ceinture de cuivre est tout d'abord découpée dans un tube de même métal, et posée ensuite, au moyen d'une presse qui l'écrase, dans une gorge pratiquée sur l'obus. La ceinture, remise sur le tour avec l'obus, est calibrée.

L'obus est terminé.

Pierre et Jacques continuaient leur promenade dans l'atelier.

Ils s'arrêtèrent longtemps devant une longue table où des ouvrières — pour la première fois Jacques voyait au travail, côte à côte avec les ouvriers, des femmes — debout devant des obus placés en rang devant elles, les prenaient, un à un, les faisaient sonner l'un contre l'autre, comme on fait sonner les touches d'un harmonica. On reconnaît au son cristallin que l'acier ne renferme pas quelque fissure traîtresse qui ferait éclater l'obus dans la pièce.

L'épreuve du son n'est pas la seule à laquelle soit soumis l'obus avant d'être envoyé au remplissage et, de là, au front.

Le projectile doit, avant tout, supporter l'énorme pression qu'exercent sur sa face interne les gaz de l'explosion de la charge. Cette pression, pour les obus de 75 n'est pas moindre de 2.000 à 2.500 kilogrammes par centimètre carré.

Si l'obus est incapable, par un défaut ou par un autre, de supporter ces pressions, il éclate dans le canon au départ du coup, détériore l'âme et, parfois, la faisant éclater, blesse ou tue les servants.

Le péril est grave, surtout s'il s'agit d'un obus explosif, chargé à la mélinite. S'il s'agit d'un schrapnell, la charge de poudre, qui est relativement faible, détériore cependant les rayures.

On ne saurait donc attacher trop d'importance aux essais de l'obus, qui s'exécutent au moyen d'une pompe hydraulique qui fait tout d'abord subir à l'obus une pression de 1.400 kilogrammes par centimètre carré. A cette pression déjà énorme, la plus légère fissure donne passage au liquide, qui s'échappe en buée. L'obus doit être rejeté.

La presse augmente peu à peu sa pression, jusqu'au maximum, soit 2.500 kilogrammes par centimètre carré.

S'il s'agit d'un projectile suspect, l'essayeur entend parfois un coup sec. L'obus s'est fissuré. Parfois même, il éclate en morceaux, qui sont arrêtés par un treillage métallique.

Ce sont là les essais de pression. On y ajoute de nombreux essais de calibrage, le projectile devant être rigoureusement établi en longueur, diamètre, etc. C'est ainsi qu'un obus de 75 doit avoir une longueur de 264 millimètres, un diamètre de 74 millimètres, une hauteur de 12 millimètres, etc. Les tolérances sont rigoureusement établies.

L'obus essayé et mesuré, il reste à le lessiver, comme on nettoie de la vaisselle.

Des femmes lavent l'intérieur de l'obus avec du pétrole pour le débarrasser des matières grasses, et le vernissent ensuite.

Un bouchon dans la lumière, comme on bouche un cruchon de liqueur, et l'obus est bon à être envoyé au chargement à la mélinite.

V

PETITE HISTOIRE D'UN SCHRAPNELL

Nous avons encore le temps de voir les schrapnells, dit Pierre.

Et, chemin faisant, il expliquait à Jacques, qui ouvrait de grands yeux, regardant à la hâte les montagnes d'obus, empilés en pyramides, les longs tubes des canons, les monstrueux projectiles couchés sur le sol de l'atelier, comme des monstres endormis, ce que c'était qu'un schrapnell : un obus plein de balles, au lieu d'être un obus plein de mélinite.

— Vous n'êtes pas sans avoir lu — lui disait Pierre — l'attaque d'un zeppelin par nos artilleurs, ou, tout simplement, l'arrosage d'une tranchée. Tantôt on emploie l'obus à mélinite, tantôt l'obus à balles. Le schrapnell — ainsi nommé du nom de son inventeur, le général autrichien Schrapnell — qui renferme 250 à 300 balles de plomb, grâce à la fusée dont il est muni, éclate à hauteur voulue. Il ne se brise pas, comme l'obus à mélinite, il s'ouvre et déverse sur l'ennemi la provision de balles qu'il contient. Mais nous y voici. Vous allez assister à leur remplissage.

Jacques s'était arrêté.

Devant lui, en face de longues tables, des ouvrières emplissaient les corps d'obus, de simples cylindres d'acier grands ouverts. Pierre prit un de ces cylindres pour que Jacques se rendit compte de la disposition intérieure.

Au fond, une petite chambre, recouverte d'une rondelle, et dans laquelle on verse de la poudre. Au-dessus de la rondelle d'acier, la place réservée aux balles. Quand l'obus est rempli de projectiles, on visse à son sommet la calotte ogivale sur laquelle sera vissée à son tour la fusée détonante. La fusée communique, par un canal vertical, avec la charge de poudre du culot.

Que la fusée éclate, la poudre fera sauter l'ogive.

Le schrapnell, ouvert, qui possède alors une vitesse d'environ 250 mètres à la seconde, lancera de tous côtés ses balles, animées elles-mêmes d'une égale vitesse. Et gare à ceux — hommes ou ballons — qui se trouveront sur leur passage.

Jacques regardait, silencieux, émerveillé.

C'est à peine s'il entendit le contremaître qui s'adressait à une jeune femme, occupée à coiffer un schrapnell, déjà rempli, d'une petite rondelle de bronze, la *tulipe*, dans laquelle passe la tige de la fusée.

— Eh bien! mademoiselle Jeanne, disait Pierre, comment va votre équipe?

Celle que le contremaître appelait Mlle Jeanne se contenta de jeter, en souriant, un coup d'œil sur les tables, pleines de schrapnells remplis qui attendaient la pose de l'ogive.

— Allons! dit Pierre, je vois que vos ouvrières ne sont pas moins actives que celle qui les surveille si bien.

Pierre et Jacques avaient fait quelques pas en avant.

— Vous avez vu cette gentille fille, dit le contremaître à Jacques qui se retourna involontairement vers Mlle Jeanne, une grande et belle jeune fille à la chevelure blonde épaisse, au regard sérieux et vif à la fois. Eh bien! elle a souffert comme vous, et plus que vous. Son père a été fusillé à Anvers par les boches. Un de ses frères est sur l'Yser, l'autre est prisonnier en Silésie. Elle-même m'a échappé à la mort ou à la déportation en Allemagne que grâce à des circonstances vraiment surprenantes. Elle est Belge, née à Liége. Elle a assisté à toutes les horreurs et à tous les crimes. Elle est arrivée ici, il y a déjà six ou huit mois, venant de Paris, où elle s'était réfugiée. Elle vous contera cela un soir. Et vous lui direz à votre tour votre arrestation à Raucourt et votre fuite.

Jacques tourna encore une fois la tête. Mais il ne put apercevoir la jeune fille, occupée dans quelque autre partie de l'atelier des schrapnells.

Pierre et Jacques quittèrent l'atelier. Ils traversèrent, avant de se trouver à la porte de sortie, des cours immenses, où couraient des voies de fer, sur lesquelles roulaient des wagons chargés de matériel, pleins d'obus, de lopins d'acier, de canons déjà montés sur leurs affûts.

Tout cela filait, par les voies de raccordement, sur le front.

Un énorme obusier, tout reluisant de la couche de peinture encore fraîche, occupait à lui seul un truck, qui gémissait sous son poids.

Pierre, quand l'obusier passa devant lui, leva sa casquette, et, riant, d'une voix sonore :

— Bon voyage! cria-t-il. Et, comme le disait le général de Maud'huy, tape dur sur les boches!

VI

CANONS MONSTRES ET OBUS GÉANTS

QUAND Jacques arriva, le lendemain, à son poste des laminoirs, il y trouva le contremaître.

— Nous forgeons aujourd'hui — lui dit Pierre — un de ces gros canons qui envoient à l'ennemi des obus de 305. C'est une chose à voir. Si vous avez, entre deux opérations, un quart d'heure à vous, venez donc à la presse. J'y serai.

Jacques, son équipe ayant un repos d'une demi-heure, rejoignit le contremaître.

Il avait vu bien des merveilles, depuis qu'il était au Creusot. Il avait vu flamber et étinceler la coulée, spectacle magnifique, mais éphémère. Il avait vu forger les obus. Mais il n'avait rien vu de grandiose et de saisissant comme le spectacle devant lequel il se trouvait.

Il avait devant lui, instrument gigantesque du forgeage, la presse de 10.000 tonnes, reposant, silencieuse et majestueuse, sur ses piliers.

Entre ces piliers, suspendu à des chaines, un bloc d'acier, monstrueux, encore brûlant, pesant 60 à 80 tonnes.

Ce bloc formidable est sorti, incandescent, des fosses de coulée du four Martin. Il repose sur la mâchoire inférieure de la presse.

Lentement, la mâchoire supérieure s'abaisse, le comprime.

Jacques voit cette masse énorme s'affaisser sous l'irrésistible pression. Le bloc s'aplatit, s'allonge, s'arrondit, prend peu à peu la forme cylindrique d'un tube, un tube monstrueux qui sera le canon.

Ce bloc, pour qu'il soit pressé, allongé de tous les côtés, a besoin d'être tourné, retourné déplacé, afin de présenter à la mâchoire qui l'écrase toutes ses faces.

C'est pour cela que, munis de longues tiges, une équipe d'ouvriers guide le lingot dans ses évolutions, le poussant d'un côté et de l'autre, tandis qu'avec les chaines, on lui imprime un mouvement rotatif.

Certes, le travail est long, mais de quel résultat merveilleux est payée la patience de ceux qui y président! Quand l'énorme tube, qui n'est pas encore foré, est suffisamment allongé — certaines de ces grosses pièces ont 20 mètres de longueur — on le porte à ce qu'on appelle la *trempe*, qui donne au métal plus d'homogénéité et plus de résistance.

La trempe, dans un bain d'huile, s'effectue dans une fosse qui n'a pas moins de 56 mètres de profondeur, trois fois la hauteur d'une maison de six étages!

Ensuite, on le *frette*, c'est-à-dire qu'on enfile sur le tube, comme on le ferait de bagues sur un doigt, des anneaux d'acier, qui doublent la résistance du canon aux endroits qui supportent les plus hautes pressions des gaz de la poudre.

Pour fretter un canon de 20 mètres, on le dresse debout, l'embouchure en haut, la culasse en bas, et on y passe les anneaux de frette, préalablement chauffés au rouge. La frette, en se refroidissant, serre le tube et fait bientôt corps avec lui.

Jacques, subjugué par ce grandiose spectacle, voulut voir à son aise la fin de l'opération. Ce n'était là que le canon brut de forge. Ce qu'il voulait admirer, c'était le canon foré, rayé, prêt à tirer sur l'ennemi.

Encore une fois, Pierre le conduisait à l'usinage.

Sur des tours énormes, dont la longueur dépassait 50 mètres, Jacques vit le canon qui tournait lentement, lentement, tandis qu'une longue barre d'acier — une barre à forer — l'évidait jusqu'à ce que l'âme ait le diamètre voulu.

Au milieu de l'atelier, entouré d'obus gigantesques, debout, couchés, isolés ou empilés les uns sur les autres, était un canon, fini celui-là, qu'un ouvrier, à cheval sur le tube, recouvrait d'une couche de peinture brune.

— Regardez donc à l'intérieur, dit Pierre qui guidait Jacques. Allons, ne craignez rien, mettez votre tête tout entière dans la culasse.

Jacques obéit.

Il vit alors que l'âme de la pièce était, nous l'avons déjà fait remarquer, *rayée* de stries hélicoïdales, sur lesquelles s'appuie l'obus pendant tout le parcours de l'âme.

Jacques suivait par la pensée le lourd obus, jusqu'à ce que, libéré de sa prison d'acier, il tournoie dans l'air, et, finalement, éclate, avec un bruit formidable.

Pierre s'était placé à côté d'un des obus monstrueux qui l'entouraient. Celui-ci lui venait au menton.

Il apprit à son compagnon que l'obus monstre, celui du moins qui est en acier — il en est qui sont en fonte aciérée — passe par les mêmes manipulations que l'obus de 75. L'ogive seule n'est pas faite à la presse. On la taille à petits coups répétés d'un marteau-pilon, jusqu'à ce que l'obus soit pointu comme un gigantesque crayon.

Ensuite, on le tourne, on le nettoie, et, pour clore la série des opérations, on le remplit d'explosif.

VII

CELLES QUI TRAVAILLENT AUX FUSÉES

POUR connaître complètement le fonctionnement d'une grande usine de guerre, Jacques n'avait plus qu'à se rendre compte du maniement des *fusées* et du chargement des projectiles en *explosif*.

Une heureuse circonstance, aussi heureuse qu'imprévue, devait le servir à souhait.

Un matin, Jacques était à ses laminoirs, quand son chef d'atelier le prit à part :

— Voulez-vous accompagner, jusqu'à nos usines de Honfleur et du Havre, un chargement important d'obus bruts, qui seront finis là-bas?

Jacques accepta avec enthousiasme.

Il savait qu'à Honfleur il verrait remplir les obus de mélinite et fabriquer les fusées. Au Havre, il reverrait les gros canons et les gros obus.

Pierre, avant son départ, lui remit une lettre de recommandation, adressée à un contremaître de l'usine de Honfleur.

Muni de cette lettre, Jacques pourrait, à son aise, tout voir.

Il avait, d'avance étudié le principe de la fusée, sans laquelle l'obus, même chargé de mélinite, ne ferait pas plus d'effet qu'un boulet plein d'autrefois.

Il savait, avant de mettre le pied dans les ateliers, qu'il existe deux sortes de fusées : la fusée percutante, qui éclate et fait éclater le projectile dès qu'il touche le sol, et la fusée à temps, qui éclate sur un point donné de sa trajectoire, grâce à une ingénieuse disposition.

Les fusées à temps sont employées pour faire éclater les schrapnells, soit dans les tirs de bataille, soit dans les tirs aériens, quand on a calculé la hauteur à laquelle se trouve l'aéronef ennemi.

L'éclatement d'une fusée se produit toujours, quel que soit son système, par le choc d'une pointe, d'un rugueux, contre la fulminate d'une capsule qui communique avec l'explosif.

La trempe.

La disposition intérieure de la fusée est très compliquée. Qu'elle soit en bronze ou en aluminium, une fusée comporte une soixantaine de pièces, dont certaines minuscules.

La pièce principale, celle qui préside au contact du fulminate et du rugueux, se nomme *masselotte*. Elle se déplace pendant le trajet du projectile; libre dans le corps de la fusée, elle est ramenée d'arrière en avant jusqu'à ce que le *rugueux* ait enflammé le fulminate, le pulvérin, et, enfin, la charge de mélinite.

Quant aux fusées à temps, la description en serait fort difficile. Qu'il suffise de savoir que le moment d'éclatement du projectile est réglé par l'inflammation d'un tube fusant en plomb rempli de pulvérin, qui allume la charge.

Des dispositions intérieures très délicates règlent la longueur du tube de pulvérin, et, par suite, le temps qu'il met à atteindre la charge.

L'artilleur règle l'éclatement au moyen d'une graduation extérieure, qu'il lit facilement.

On a calculé qu'à une durée de 24 secondes de combustion du pulvérin correspond une distance de 6.800 mètres.

Les schrapnells sont expédiés sur le front, munis de leur fusée.

Au contraire, la fusée ne s'adapte aux obus percutants qu'à l'instant même du tir. Et ceci est parfaitement explicable.

A 700 grammes environ de mélinite par projectile, les 70 obus d'un caisson représentent 49 kilos de mélinite, soit une force d'environ 700 kilos de poudre.

Qu'une fusée isolée vienne à s'enflammer inopinément, l'explosion de ces 49 kilos de méline serait un désastre.

Pour les schrapnells, qui ne renferment guère, en dehors de leurs 250 balles, que 100 grammes de poudre, l'explosion ne porterait que sur environ 7 kilos de poudre, qui, certes, disloqueraient le caisson, mais ne provoqueraient pas d'autre désastre.

Jacques, en entrant dans l'atelier des fusées, connaissait donc, ou croyait connaître complètement, ce qu'il allait voir.

Sa surprise fut intense quand, la porte ouverte, il vit devant lui, à perte de vue, des tables et des tables. Et, devant ces tables, des ouvrières uniformément revêtues d'un long sarrau noir. Quelques-unes avaient une fleur piquée dans la chevelure.

Jacques s'arrêta devant une table et regarda.

Il y avait là de menues pièces de bronze, des cylindres, des ressorts, des rondelles minuscules que l'ouvrière, délicatement, le regard attaché sur la petite pièce qu'elle maniait, essayait au *calibre*, afin d'être assurée qu'elle avait bien la largeur, la hauteur et l'épaisseur voulues.

Ces pièces de fusées, qu'une main d'homme tiendrait difficilement, sont, en effet, d'une finesse extrême.

Comme elles doivent être assemblées, leurs dimensions sont rigoureuses; c'est à peine si on tolère, en plus ou en moins, un ou deux centièmes de millimètres!

Les machines sur lesquelles elles sont découpées, tournées, percées, filetées, sont de véritables outils de précision, dont la conduite est confiée à des ouvrières d'élite.

— Nous avons ici, dit à Jacques le camarade qui l'accompagnait, des centaines, peut-être un millier de femmes, qui travaillent aux fusées. Et nous n'en faisons pas qu'au Havre:

Nous avons un atelier à Paris. Voyez, du reste, dans cette cour, cette pyramide de caisses. Elles sont pleines de fusées percutantes qui vont partir demain pour... mais, chut! c'est un secret.

Jacques prit, sur une table, une fusée tout assemblée. Il la tournait et retournait entre ses doigts.

— Oui, c'est bien cela, disait-il. Les fusées boches sont en aluminium. Les nôtres en bronze. Voilà bien la tête de champignon, toute semblable à celle qu'un ouvrier du Creusot, retour du front, me montrait l'autre jour. Il l'avait ramassée sur le champ de bataille, et, me disait-il, il se disposait à creuser dans son sommet un encrier.

Jacques quitta l'atelier des fusées. Il repassa dans les salles, où, comme au Creusot, on achevait les obus.

Les tours flambaient, les obus rougis roulaient sur le sol. Les tours faisaient entendre leur ronflement continu. Les marteaux frappaient à coups redoublés. La grande vie de l'usine l'entourait encore une fois.

— Et maintenant, si vous le voulez bien, dit le camarade de Jacques, nous allons voir nos « canaris ».

— Des canaris! riposta Jacques, ébahi.

— Oui, des canaris. De gentils canaris... Vous ignoriez, n'est-ce pas, que nous avions ici toute une volière, une énorme volière de canaris, comme on n'en trouve certainement nulle part...

VIII

LES CANARIS ET LA MÉLINITE

Jacques suivit le contremaître, qui poussa la porte d'un atelier.

Eh bien! lui dit son compagnon, vous comprenez, maintenant?

Les deux hommes étaient dans l'atelier où l'on emplit les obus de mélinite.

La mélinite n'est autre chose que de l'acide picrique fondu. De tout temps, on savait que l'acide picrique, très employée en teintures, possédait des propriétés explosives. Mais il était réservé à Eugène Turpin de découvrir — car c'est une grande découverte — que cet acide picrique, fondu préalablement, peut détoner sous l'effet d'une capsule de fulminate de mercure et d'une amorce du même acide picrique pulvérisé.

La découverte de Turpin permit de charger désormais les obus avec un explosif violent, qui, au rebours de la nitroglycérine et du coton-poudre, ne risquait pas de détoner dans l'âme même du canon.

Pourquoi a-t-on baptisé l'acide picrique, mélinite?

Certains affirment que mélinite et miel se ressemblent, et que la mélinite a certaine apparence du miel. Il faut plutôt expliquer le mot de mélinite par *melinos*, mot grec qui signifie jaunâtre.

Ce qu'on dépense de mélinite est littéralement stupéfiant.

On calcule que pour charger une production de 500.000 obus de divers calibres, principalement des obus de 75, qui sont toujours à la base de la consommation, il faut fabriquer entre 600 et 700 tonnes de mélinite.

Or, l'armée britannique, dans les jours de furieux bombardement de la bataille de la Somme (1), usa jusqu'à 500.000 obus par jour.

Cela fait, rien que pour nos alliés, une consommation de 20.000 tonnes de mélinite par mois!

Notre consommation à nous n'est pas moindre.

Et nous n'avons pas que de la mélinite!

Retournons à nos « canaris ».

Ce que Jacques a devant les yeux, ce sont des rangées de tables de bois, sur desquelles sont des sébilles pleines d'une poussière jaune.

La mélinite en poudre.

Selon l'expression consacrée, cette poudre d'apparence inoffensive renferme cependant « dans ses flancs » la foudre.

On ne le dirait certes pas à voir d'insouciance avec laquelle les ouvrières, les canaris — elles sont littéralement, de leur coiffe à leurs mains, saupoudrées de poudre jaune — puisent, avec une cuillère en bois, dans des sébilles, remplissant ensuite, un à un, les obus alignés sur les tables.

_____

(1) La bataille de la Somme est postérieure aux incidents de notre récit.

— Maintenant, dit le camarade de Jacques, il ne reste plus qu'à poser la fusée, et en route vers les boches! Mais, vous le savez, on ne la pose que là-bas, sur le front. Un accident est vite arrivé. Et si une fusée éclate, il faut éviter qu'elle fasse exploser tous les projectiles qui l'avoisinent, ce qui ne manquerait pas d'arriver si on amorçait les obus au départ pour le front.

Jacques avait vu ce qu'il voulait voir à l'usine de Honfleur.

Il allait en repasser le seuil, quand une violente explosion se fit entendre.

— On essaie les canons au polygone, lui dit son camarade.

A l'usine du Havre, où il fit, au retour, une courte excursion, Jacques revit ce qu'il avait déjà vu au Creusot. D'énormes canons qu'on achevait de tourner et de forer sur les tours. Des obus, énormes eux aussi, que l'on remplissait d'un explosif visqueux et brun, le trinitrotoluol ou *trotyl*.

Le soir même, Jacques partait pour rejoindre son poste au Creusot

IX

LES OUVRIERS DE LA VICTOIRE

Dès son retour, Jacques s'empressa d'aller serrer la main de Pierre, le contremaître.

Tous deux sortaient, le soir, de l'usine, leur journée terminée, quand ils croisèrent Mlle Jeanne, la gentille surveillante des schrapnells.

Pierre aborda respectueusement la jeune fille.

— Le camarade — et il désignait Jacques — entendrait avec plaisir le récit de vos infortunes en Belgique. Il vous dira des siennes. Venez donc ce soir nous retrouver.

La jeune fille acquiesça.

Le soir, après dîner, ils causaient, tous les trois, sous la lampe.

Jeanne refit, devant les deux camarades, le récit des tragiques incidents qui avaient précédé son arrivée en France : son arrestation à Liége, où elle était née; sa fuite; les mille dangers qu'elle avait traversés; la mort de son père, parti à sa recherche et enfermé dans Anvers, où il avait été fusillé à l'entrée des troupes allemandes (1).

Jacques raconta, de son côté, les faits que nous connaissons, depuis son arrestation à Raucourt jusqu'à son arrivée au Creusot.

— A propos, dit Jeanne, mon frère, qui était sur l'Yser, est maintenant au convoyage des munitions. Il se pourrait qu'il arrivât demain au Creusot, où il vient chercher des obus. S'il arrive, je me permettrai de vous l'amener.

La conversation continua. Et, comme toujours, entre ouvriers de l'immense usine, elle roula sur la défense nationale, sur la frabrication des munitions et des armes, sur l'aide qu'apportaient les femmes, à la grande œuvre de la victoire.

— Ce que vous voyez au Creusot, disait Pierre, n'est qu'une partie de ce qui s'observe dans la France entière, où toutes les usines pouvant travailler pour la défense ont été utilisées. Petites ou grandes, c'est par milliers qu'on les compte. Tout ce qui possédait une force motrice et des machines-outils fabrique des obus ou du matériel. Quant aux femmes, vous les avez vues ici devant les tours, aux schrapnells, aux fusées, à la mélinite. Vous les trouveriez autre part fabriquant des douilles de cartouches, conduisant de multiples machines-outils, perçant, fraisant, décolletant, entoilant et vernissant les avions, taillant des engrenages, fondant des balles, conduisant des machines à tailler le bois et des presses d'emboutissage, vérifiant les obus, calquant les dessins, dactylographiant...

— Combien croyez-vous qu'elles soient, en tout, dans les usines? demanda Jeanne.

— J'entendais dire l'autre jour, par l'un de nos ingénieurs, que, sur 800.000 ouvriers de la défense nationale, on pouvait compter 150 à 200.000 femmes.

Et Pierre ajouta, moqueur :

— Qui se serait douté de cela!

— Vous n'êtes pas aimable, dit Jeanne, souriante, et froissée quand même dans son amour-propre féminin.

Et elle reprit :

— Vous oubliez, monsieur Pierre, les grenades qu'elles fa-

_____

(1) Ces incidents sont racontés dans *La Belgique à feu et à sang*, Ns 8 de la collection « Patrie » (0 fr 15 le numéro, Rouff, édit.)

La femme à l'usine de guerre.

briquent en risquant chaque jour leur vie — on a déjà eu, dans quelques usines, des explosions terribles — les fabriques de dynamite et d'explosifs, où elles font les cartouches, les fabriques de casques, les ateliers d'habillement, et bien d'autres travaux encore. Avouez que nous aurons eu notre part dans l'œuvre de guerre, et que, d'ores et déjà, nous avons le droit d'être fières...

— C'est entendu... C'est entendu...

Les trois amis se séparèrent.

Le lendemain, Jeanne revenait frapper au logis du contre-maître. Elle était accompagnée d'un grand gaillard, vêtu d'une capote militaire, tachée en maints endroits. La moustache blonde, les yeux bleus disaient l'homme du Nord.

— Mon frère Jean, dit Jeanne. Comme je vous l'ai dit hier, il vient chercher ici des obus, il accompagne spécialement le gros 320 qui attend sur son truck.

Les trois hommes se serrèrent la main.

La conversation commença, vive et cordiale, comme s'ils se fussent connus depuis vingt ans.

— Eh bien! dit Pierre, vous arrivez au bon moment. Mlle Jeanne nous rappelait, hier, ce que nous n'avions jamais eu l'intention d'oublier, tous les travaux que les femmes exécutent pour la défense nationale. Dites-lui donc, vous qui êtes bien placé pour vous en rendre compte, le résultat de l'effort immense qui se poursuit dans toute la France et qui se poursuivra, sans arrêt, jusqu'à la définitive victoire.

— Jamais je n'ai mieux compris — commença Jean — le rôle formidable des usines de guerre qu'en voyant chaque jour tout près de moi l'immense mouvement de matériel de toute sorte dont elles sont l'âme. Soldats de l'avant, admirables héros des tranchées et des assauts, soldats de l'usine, attentifs à la besogne qui les attache aux fours, aux laminoirs, aux tours, c'est tout un pour moi. Certes, ceux qui fabriquent les obus et les canons ne courent pas les périls au-devant desquels marchent les soldats de l'avant. Mais ce sont, à vrai dire, les deux faces d'un même effort. Toute la bravoure, toute la *furia* des héroïques combattants de notre front se briseraient impuissantes, contre les défenses accumulées par l'ennemi si les usines de l'arrière — un arrière glorieux lui aussi — n'apportait l'aide bruyante de leurs canons, de leurs obus, de leurs mitrailleuses, de leurs canons de tranchées, voire de leurs gaz asphyxiants — car il a bien fallu leur répondre, à ces lâches adversaires, qui ont inventé l'arme odieuse de l'empoisonnement...

Jacques frappa du poing sur la table.

— Ah! continua le convoyeur, j'en vois défiler devant moi, du matériel depuis que, pour la première fois, je me suis assis sur un camion automobile. Tout le jour, toute la nuit, c'est un mouvement formidable de voitures, qui montent et descendent, sans arrêt, en une gigantesque chaîne sans fin, soufflant, haletant, cahotant, pleines de munitions, de vivres, d'outils, de fils barbelés!... De vrais bazars mouvants... pleins d'hommes. Parfois, d'une file de ces camions sortent des cris, des chants. Ce sont les soldats qui reviennent de la bataille ou qui marchent vers elle... Ah! il faut voir cela pour comprendre la guerre, et aussi pour comprendre comment l'usine est un puissant instrument de force, sans lequel la bataille ne saurait vivre...

Jean fit une pause, puis stimulé par l'attention que lui portaient ses auditeurs, il reprit :

— Voilà bientôt trois mois que j'accompagne sur les routes, sur la voie ferrée, obus et canons. J'aime cette vie, la sirène de mes camions ou le sifflet de la locomotive. Je dors avec, dans les oreilles, le formidable ronronnement des voitures, qui semble un tonnerre continu, roulant, en échos interminablement prolongé, dans le lointain. J'ai déjà convoyé des millions et des millions d'obus... Ah! damel il en faut! Et si nous en avions eu à la Marne, ces bandits seraient déjà retournés chez eux...

— Eh bien! interrompit Pierre... Est-ce que nous ne sommes pas là pour les faire, vos obus? Ne voyez-vous pas l'activité formidable qui fait aujourd'hui de la France une seule et gigantesque usine de guerre? Partout, ici, dans la Loire, à Saint-Chamond, à Saint-Etienne, à Lyon, à Limoges, à Paris, partout, les marteaux sonnent, les fours flambent, les laminoirs roulent, les tours entament l'acier... Et non seulement les usines métallurgiques, mais les poudreries, les fabriques d'explosifs et de produits chimiques, les fabriques de grenades, de fils barbelés... Je vous dis que toute la France, hommes, femmes, enfants, tous travaillent pour la victoire...

Quand nous verrons le drapeau tricolore flotter sur Lille reconquise, et le drapeau belge flotter sur la Grand'Place de Bruxelles, nous pourrons dire que tous, ouvrières et ouvriers de l'usine de guerre, nous avons bien mérité de la Patrie...

— Bravo! cria Jeanne, dont les yeux se mouillaient de larmes... Bravo, pour la France et pour la Belgique!

FIN

Pour paraître vendredi prochain :
LES DIABLES BLEUS AU « VIEIL-ARMAND »